KB120745

물결

시작시인선 0356 물결

1판 1쇄 펴낸날 2020년 11월 2일
1판 2쇄 펴낸날 2021년 5월 28일
지은이 송만철
펴낸이 이재무
책임편집 박은정
편집디자인 민성돈, 장덕진
펴낸곳 (주)천년의시작
등록번호 제301-2012-033호
등록일자 2006년 1월 10일
주소 (03132) 서울시 종로구 삼일대로32길 36 운현신화타워 502호
전화 02-723-8668
팩스 02-723-8630
홈페이지 www.poempoem.com
이메일 poemsijak@hanmail.net

ISBN 978-89-6021-524-5 04810
978-89-6021-069-1 04810(세트)

값 10,000원

*이 책의 국립중앙도서관 출판시도서목록(CIP)은 서지정보유통지원시스템 홈페이지(http://seoji.nl.go.kr)와 국가자료공동목록시스템(http://www.nl.go.kr/kolisnet)에서 이용하실 수 있습니다.(CIP 제어번호: CIP2020045801)
*이 시집은 전라남도 문화재단의 후원금으로 발간되었습니다.

물결

송만철

천년의 시작

시인의 말

이 길이 아니면 어쩌란 말인가
지금이 아니면 언제란 말인가
—프리모 레비

그래 그래

바로 이 땅에 삶이어라
시, 시여라

차 례

제2부

제3부

해 설

제1부

선물

초등학교를 마치고 학교를 때려치운 딸 아들에게 준 선물

낫과 호미였네

들판에서 오감五感이 일깨운 몸으로 세상을 읽어가라고
자연에서 온몸이 들깨운 배움으로 세상을 살아가라고

오라

손발이 찢겨지고 남은 한 줄기로 싹을 내민 이 버드나무
온몸이 절단 나버리고 뿌리 끌탱만 남은 눈빛의 저 때죽나무

오라, 길길이 날뛰는 세상이여

깊게 패인 포클레인 발자국에 산벚꽃 덮이고 개미 떼다
산길 짓이겨진 자리에 엉겅퀴 돋았다 고사리 솟았다

산목련이

연년생의 동생 다섯에 엄마는 병들어 늘 눈물을 달고 다녔던 숙자야
논밭이래야 서너 배미 옹삭한 살림집에 교통사고를 당했던 홍철아

학교는 폐교되었다
교실 창가에 산목련꽃 피었다

바다 마을에 홀어미가 갯것들 팔아 오막살이를 꾸렸다는 은순아
부모가 일을 거들어 학교 뒷산 덕산사寺 행랑채에 살았다는 길석아

찬바람에 떨며 알은체하는 저 산목련
이 처연한 꽃의 눈빛 눈빛들

그때

대밭에 참나리며 들에 봄꽃들 옮겨 심은 장꼬방 꽃밭은 캄캄 집 처마에 걸린 남포등 같은 이른 봄이었다

소 뜯기는 민둑골, 골골 흠뻑한 놀이에 땀이 땀을 말리는 산을 등지고 저문 들판 길 오싹거린 한여름이었다

마당에 말린 들깻단을 털고 재화네 모퉁 밭 간짓대로 쑤셔댄 감나무에 샛붉게 익은 하늘이 툭툭 떨어지던 늦가을이었다

오 리 길 독점산에서 지고 온 나뭇짐을 부리고 삶은 감재로 허겁지겁한 논에서 사챙기 공을 차다 저물어가던 눈발 섞인 깊은 겨울이었다

또락 또락 내쳐 치달아온 밤이었다 서러운 별들이었다

할매가, 그래

문짝을 훑고 가는 바람아
밤새 천장에서 기척하는 쥐들아

뉘라서 알까

너덜거린 문종이 틈자구로 치달아온 별들아

샘가 팬팬한 돌에 빨래 내리쳤다던 물방맹이여
둘레둘레한 식구들 방이 후끈했다던 날들이여

흙 묻은 꼿꼿한 양말짝이 윗목에 모셔져 있네
양푼에 퍼 담은 칙칙한 어둠이 엇박자로 떨걱대네

꽃망울

불꽃 튀기리라

벚나무

쾌속으로 질주하는 세상을 향해
강변 마을 마을에 일촉즉발의 총구를 내밀었다

꽃망울 일제히 터지면

이 상막한 삶의 벼랑에서 내려서지 않을 사람 없으리라
이 뿜어댈 불꽃에 죽지 않고 사라질 사람은 아무도 없으리라

막차

벌교 흥성 TOP Mart 365 할인 매장, 건너편 버스 정류장

"뽀근 누름서 살 수 뿐이 없제"
"그려, 말한들 누가 이녁 속을 안당가"

금곡 탄포 장선포로 가는 고흥 군내 버스는 도착하고
긴 의자에 술로 뻗어버린 사람을 깨우다 깨우다

"어이 가세, 이 짓도 한두 번이야제!"
두 계단을 땅 짚고 헤엄치듯 올라탄 버스는 떠나가고

이가 몇 개 빠진 합죽거린 입으로
꿈인지 생신지 무슨 말인가 해쌓는 이 사람

들고양이 쭈뼛거린 비닐봉지에 무엇이 들었나
양말짝은 어디로 갔나

흙살 백힌 맨발은 가문 논바닥같이 갈라 터져서

산사山寺 길

봉갑사寺 가는 길 활짝 핀 벚꽃 가지가지에 연등燃燈이
걸렸다

산녘에서 보성강 쪽으로 길을 건너던 뱀 일가들
강 쪽에서 숲 쪽으로 길을 건너던 개구리 친척들

차바퀴에 깔려 몸들이 갈가리 으깨졌다
보다 보다 이 바람에 쓸린 벚꽃 잎잎이 짓이겨졌다

아미타불 아미타불

문명이여 어서 와라, 쩌렁쩌렁한 절간 확성기 소리
꺼져라 천봉산아, 난리법석法席인 염불念佛 소리

그 밤

서너 해 가뭄 이어지더니
비 쏟아질 낌새를 알아챈 시골 마을 어린 저녁

평애들 온 들판
논두길마다 깜박거린 시끌벅적한 등불들

땅에 일렁이는 짙푸른 별빛이었다
마을 마을로 뻗쳐 있는 싯붉은 은하수였다

애장葬

죽어버린 어린 손지 둘둘 말린 가마떼기 짊어지고
혼자 새르팍을 나섰던 늙은 신센

민둑골 공동묘지 어딘가에 파묻혔다, 하고
산등성이 볼가진 달 편에 딸려 보냈다, 고도했던

어린 날
그 밤

달은 신센 집 마당가 뽕나무에 내려앉아 훌쩍거리고
대바람은 문짝 붙들고 밤새 서럽게 떠날 줄 모르고

머슴새

일 년 새경으로 쌀 서너 가마에 이동하네 머슴이었던 신호성
초등학교도 못 마친 한두 살 터울의 깨벅쟁이였던 신호성

쟁기질 물논에 밤늦도록 철벙대는지 이랴 이랴 끌끌끌
써레질 물논에 새벽안개 몰아가는지 저랴 저랴 끌끌끌

저 들에 그믐밤에도 운다
이 들에 새벽참에도 운다

울어 울어 울음 뚝 그쳐불소, 신호성아

햇살 쬐던 신작로에 도랑태 굴린 날도 있지 않았던가
수박 서리로 푸지게나 웃어쌓던 골방도 있지 않았던가

물결들아

구뽀뚱 시냇가에 물레방아

한밤중 스며든 어둠의 쌍쌍들이 무작시럽게 굴러대자
세찬 바람이 문짝 들썩거려 맞불 내지른 소리소리

어디로 갔나

물비린내 살아나는 달빛들아
온 들판 시퍼렇게 굽이쳤던 물결 물결들아

피가 도네

서북쪽에서 몰아친 바람으로

폐가에
텅 빈 골목에
노인들의 집 마당에 하늘에

시뻘건 단풍 잎잎이 날리던 날

꽝꽝 닫혔던 문들이 열리고
"음마 저것 봐, 마을에 피가 도네 피가!"

피가 돌아 짜박거린 노인 셋이 골목에 나앉아
"살다 봉께, 이런 날도 있네 이!"

핏기 없는 마을을 쑤석거린
적 단풍잎 잎을 오래오래 쳐다보면서

울력

마을 울력에 모인 사람들
할머니 세 분 할아버지 두 분 나까지 여섯

골목길 양편에 쌓인 낙엽을 치우다가
햇빛 옹기종기한 담장 가에 서로 말없이 물끄럼하다

엉덩이 깔고 앉아 빤히 쳐다보는 개를 보고
말문이 터진 마을 분들 다 한마디씩

누구 하나 받아줄 이 없는 외로움이 깊었나
수천 번 기워댔을 마음들 실밥까지 터졌나

눈이 마주칠 때마다 안다는 듯 꼬리를 쳐쌓는
우리 집 개, 달래

한몫했다, 마을 울력에

적막寂寞

산마을 외딴집 굴뚝 연기는 하늘하늘 눈발을 불러들이고
닭장 횃대에 오종종한 닭들은 깃쳐 오른 싸락눈을 쪼아대는 밤

마을 샘으로 산짐승들이 내려오나
골목 발소리도 게 눈 감추듯 눈은 내리고

항변抗辯

태풍에 꺾인 감나무로 솟대를 깎아 세운 마당가
몇 해 지나고 눈보라 들이친 새벽

멋들어지다고!
예술품이라고!

눈발 속에 펀득한 솟대의 눈빛

땅으로 그냥 내쳐 버리든지
활활 솟구쳐 오른 불구덩 속으로 처넣든지

폐교에서

사람 발길 멈춘 백합나무는 강당 위로 가지가지 뻗혀 갔다
사람 손길 멈춘 향나무는 불꽃같은 생으로 교실 창을 삼켰다

가거라, 꿈꾸는 자들의 미래여

특별실로 가는 길로 뻗힌 대들이 생긴 대로 출렁거린다
제초제 뿌려대던 운동장에 솟구친 풀들이 멋대로 담박질이다

노을

온종일 밭일 논일에 젖 물릴 틈이 없었던 아낙
쑤셔대는 삭신으로 허겁지겁 치달아 덥석 물리는

저 탱탱한 젖통

허기진 애기가 빨아서 빨아서
온 하늘에 샛붉게 뻗힌 핏살 핏살들

늦가을

바람 쑤석거린 밭 언덕에 깡마른 쑥대를 붙들고
대끌텅 같은 사마귀 한 마리 노을에 나앉았다

추수 끝난 벼 포기 새순에 바람은 드센 말발굽이다
떠돌던 개구리 한 마리 동면에 들 땅을 파고 있다

노인의 집들 불이 꺼지면 달빛은 혼자 저물어가리라
오랜 마을은 어둠 속에 뒤척거리다 훌쩍 떠나가리라

철렁

중봉저수지 둑길로 유모차를 거칠게 끌고 가는 이주 여성

겁에 잔뜩한 아이도 아랑곳없이
어디 말인지, 치밀어 오른 울화를 덜컹덜컹 쏟아내는

저 혹독한 찬바람 속

철렁!

솟구쳐 오른 물오리 떼
사납게 굽이친 물결 물결들

인연설雪

골목 대숲에 내려앉은 눈 위로 새가 날자
솟구치는 눈발 눈발들

뭘 보냐고, 안경에 턱 걸치고 앉은 눈발 하나여
멀고 먼 데서 찾아든 그대여

덥석 손을 내밀자 흔적 없이 사라져버린 인연이여

이판사판

목줄 매인 개는 가래나무에 얹힌 서녘 달을 보고 짖어대고
닭장에 갇힌 닭은 꽁지 털 싹 다 빠진 날개로 홰를 쳐쌓고

나는 철 지난 신문이나 뒤적거리다 찾아든 별들 힐끔거리다
쑤셔 박힌 잠에 뒤숭숭한 꿈에나 헛발질하다 날이 밝았구나

삶을 쳇바퀴 굴리고 있는 나나
매이고 갇힌 너희들이나

깨었구나

집 나간 닭들아 어디로 갔느냐
먹고 마시고 놀고 잠자던 집이 굴레였더냐

꽃이 피고 새들이 훨훨 우짖는들
바람 불고 나무들이 술렁술렁 회돌아친들

집 밖에 흐르는 물소리야
집 앞에 꿈틀대는 먹이들아

그래서 깨었구나 뛰쳐나갔구나

누구는 윗집 대밭에서 살쾡이가 물어갔다, 하고
누구는 묵힌 밭머리 위를 수리가 맴돌았다, 하고

그래 어디든 가거라, 죽음이 닥친들 가거라

평상심

병원으로 실려간 응급실에서 의식이 잠깐씩 깰 때마다
약에 줄줄이 매달린 목숨 줄을 서너 번 뽑아 던졌다는
류객* 님

살던 곳으로 보내달라고
그냥 죽음을 달라고

* 류객: 안효선(1947~2013)의 또 다른 이름. 자연에 가장 가까운 농農의 마을을 찾아 나그네처럼 떠돌다 결국은 산중에 초막 하나 짓고 살다 병원에서 생을 마감함.

뫼뚱에서

서편 노을에 할매 할매 눈시울 붉좀하네요

부삭 밥솥에 오금 절인 냉갈로 콜록거리네요

콩 서너 됫박으로 바꾼 장짐들로 종종걸음이네요

찾아든 눈발 눈발들 또 어디로 헤맬는지 떠나가네요

날들아

온종일 긁어모은 가리나무 지게에 받쳐놓고
삶은 감재 몇 개에 허천난 독점골 저수지

청둥오리 떼들아
괜한 눈시울아

터덕거린 먼 길 마을까지

들바람은 들이치고
해는 서녘으로 기울고

밑창 뚫린 신발에 서걱거린 흙먼지들
평애들 보리밭에 왁자한 까마귀 떼들

울울한 대밭 골목길을 지나
삐딱진 몰랑집 마당에 서면

밥솥 끓는 부삭에 와락한 엄니여
저문 하늘에 울컥한 별들이여

제2부

염병할喝*!

—문형이

책 보따리 싸매고 죽어라 나다닌 학교에서 맞아가며 배운 대로

어머니 어머니 우리 어머니, 달달 외워대

국어 백 점 맞고 집에서 엄니를 어머니라고 불렀더니

엄니가 했다는 말

빙하고 자빠졌네

염병하든갑다

* 喝: 喝은 꾸짖을 갈이나 불교 선가禪家에서 깨우침을 일깨울 때 몇 마디로 곧바로 내리치는 말로서 할이라고 함.

기우祈雨

1.

저물도록 퍼부어라 눈아

펑펑 어두워라 뒷날 뒷날 그 뒷날까지

아랫뜸 샘물이 바닥이다

놀짱 놀짱 마늘밭이 말라간다

밑바닥을 딛고 세차게 차오르는 콸콸 눈발이어라

2.

온 들판 샛노란 얼굴들아

산굽이 하늘 굽이 뭉게뭉게 시커먼 비구름아 어디 있느냐

지붕으로 뻗쳐 가던 박 넝쿨이 뻗었다

양석 항아리가 파삭 파삭 털렸다

봇물 터지듯 빗줄기 내리쳐라 날벼락이어라

팔죽 서리

지땅이나 덕산에서 소를 뜯기다 마을을 보면
서녘 해가 떨어지기도 전에 냉갈 피어오르는 집

이근네 밭에 놀짱 놀짱한 참외에 수십 번 꿀떡거리다
소 뒷발에 몇 번 차이고도 둥둥 뜨는 허기들

저녁밥 놋그릇이 텅텅 지 소리 지가 삼키고
사장 물감나무 밑으로 치달아서 대여섯 모여서
아는 노래들 목 터져라 돌고 돌아 귀신 놀이까지 끝나서야

북두칠성 국자는 물감나무 우듬지에서 엎어져 있었던가
그때 동편 덕심이네로 팔죽 서리를 갔던가

짖어대던 개도 이름 몇 번 속닥거리면
되레 반갑다고 꼬리 쳐대 장독대서 양푼째 가져온

팔죽 서리

노래도 시글탱해지고 또락거린 별들도 앵간찮았던가
으슥으슥 집으로들 날래게나 흩어졌던가

빈 양푼은 누가 갖다 놓았더라, 장깨포시를 했던가!

논매기

한여름 뙤약볕아, 첨벙첨벙 구뽀뚱논이 아득하구나
구불구불 먼 길이구나

순갈로 밥 퍼먹듯이 논을 뜩뜩 긁어대도 그 자리
벼 잎 스치는 바람같이 설렁 설렁여도 다시 그 자리

거머리야 모구들아 둥구 둥구야 가거라
여뀌야 물달개비야 방동산이야 턱부득 제발

오는구나, 엄니
팥죽 한 함지 샛거리 이고 사장나뭇길 오는구나

성아, 저 논 끝이 몇 발따죽 되것는가
여기서 팔영산인들 몇 굽이 되것는가

돌아보면 왁짜거린 새들 저물어 달이 솟았구나

한마디

자연의 순리대로 농農을 살리려 산골 마을로 삶터를 옮긴
김복관 선생님

우리 집 심어놓은 밭작물들을 꼼꼼히 둘러보더니

“거름은요?”
“삭힌 똥거름입니다, 쫙쫙 뿌려주면 다 좋겠지요”

“다라니요!”

딱 한마디

열무에서 솟구친 나비 떼가 바람을 불러들였다
햇빛에 팔랑거린 날개의 핏줄 핏줄이 선명하다

소리 없는 빗줄기가 단숨에 밭이랑을 꿰찼다

추석

학교가 무엇이랴
책인들 내던져 버려라

신작로 가에 말려둔 햇볏짚 틈쳐 와 꼬아댄 사챙기

소 뜯기는 마을 뒷산
소가 감재밭으로 뛰어들든 콩밭에 똥오줌을 내깔기든

사챙기 대여섯 가닥에 우리들 마음까지 엮이고
떠들썩한 장난질과 신나는 노래 바람 구름도 항꾸네 엮이어

오래된 사장 소나무에 걸린 그네

달 떠온다 달 떠온다
모질게나 둥글어서 쿵덕덕한 마음들 달아올라 달아올라

추석 다음다음 날까지
그네 툭 끊어질 때까지

뭐냐, 예술이

사장나무나 생울타리는 사라지고 샘터도 메꿔진 남양면 망주리 망동마을 길가 집, 쓰러질 듯한 블록 담장에 꿩이 날고 꽃이 피고 큰 나무 아래 아이들은 제기차기 폼을 잡고 아낙들이 빨래를 하는 샘가 옆 주막에 밀짚모자를 쓴 서너 남자들이 술잔을 기울인 채 벽화로 박혀 있다

한 집 건너 서너 집이 폐가인 노인 대여섯 남은 마을에
마을이란 이름은 사라지고 망주로路 143번지 담장 그림에

당산나무가

이 몸에는 부러지고 깨지고 절단 난 농구들
날 날이 박혀 있당께

봐봐, 이 온 몸통에 곰보딱지들을 보라고
상처마다 달빛 햇빛 차올라 물꼬 터진 생살들을 봐

일제日帝 때 나를 공출해 가겠다고 한 날, 그 전날 밤
마을 집집 구석구석 모아진 쇠붙이들 몽땅 쎄려박혔지

그날 굿도 술도 없이 밥 한 상 받았을 뿐이었지
그 뒷날 일제 앞잡이들 톱날만 어작나서 그냥 돌아갔지

그 뼈저린 고통으로 한 몸이 되어 이날까지 살아 살아서
온갖 생들이 때를 알아 속속 찾아들건만

이 추수철 온 들판에 콤바인 두어 대 탈탈거린 소리뿐
사람들은 다 어디로 가버린 거야, 코빼기도 안 보이냐고!

요양원에서

대학 나와 공무원 했다고 말끝 붙들고
말로 썰 푸는 남자 노인을 보고

원산할매가 했다는 말

“젠장 털어봤자 먼지여,
대그빡에 몇 개 더 쑤셔 넣었다고 까불고 자빠졌네!”

도토리가

송광사 법당 뒤뜰에 수백 개의 염주 알이 떼굴떼굴 흩어졌다

줄줄이 꿰어지고 얽어매진 나락奈落의 세상
툭툭 끊어버리고 야생으로 가고 싶다고

설경雪經

마을 개들도 싹 다 따라나선 들길 가고 싶어라
들바람 실린 사장나무도 얼싸안고 쏘다니고 싶어라

털 것은 털어버리자
묻힐 것은 묻어버리자

민둑골 찬바람아, 곤두박질로 오너라
독점 저수지 청둥오리야 떼거리로 날아올라라

현오는 죽은 할매 눈사람이구나
동진이는 울어쌓는 막내 동생 눈사람이구나

누구네 개가 산중으로 튀는 토끼를 낚아챘더라!
흰 눈 속에 핏자국 시뻘건 허기들이었지

산도 들도 깽갱 날뛰어 저물었던가
뒷날 뒷날까지 눈은 퍼부어 댔던가

대설 무렵

나무 한 짐에 삶을 받쳐놓고 물팽나무로 빨려 들어가는 서녘 해에 깜깜 불타오르다 그리운 이여, 살 오른 동백꽃 한 송이 꺾어 들고 하루가 저물었네

온몸 울부짖으며 산중으로 튀는 고라니야
쐬주 몇 잔에, 젠장할, 거덜 나버린 삶이여

삭신이 어작난 마을 집들 멀고 멀 뿐이로다
틀니 삐거덕거린 삶도 거나할 뿐이로다

더 엇나가거라, 삶이여
더 더 엇박자여라, 세상에

꺾어온 동백꽃마저 잎 잎으로 흩어져라
눈발이여, 하늘하늘 시퍼렇게 퍼부어라

청수 집

외갓집 돌아 나오면 초향이네 집, 아버지 당골래 청수 집*
다락 같은 2층 툇마루에 모여든 소리꾼들이 내지른 소리

서랖짝 미나리꽝에 울어쌓던 깨구락지들도 잠잠했어라
애끓는 소리가 앞 냇가를 치닫다 뒷산으로 넘어갔어라

퍼붓는 빗길 논두길도 쩍쩍 앵겨 붙은 추임새였어라
들판 거친 맞바람에도 길길이 들썩거린 판이었어라

적벽강을 이미 건너버린 박봉술**이
청수의 둘도 없는 매제였다지

동편제의 마지막 새끼 광대
순셉이 아제도 태어났던가 보더라***

* 당골래 청수 집: 전남 고흥군 점암면 사정리 사동마을.

** 박봉술: 동편제 소리 맥을 이었던 구례 명창.

*** 송수권의 시 「내 고향 말투」에서, 순셉이–송순섭(고흥 점암 생) 명창.

밤똥

무엇을 먹었더라
무엇엔가 목 메임을 허겁지겁했더라

한밤중 마당가에 쪼그려 앉은 일들이여

"닭이 밤똥 싸지, 사람이 밤똥 싼다요"
할매 말마따나 닭 집에 수없이 되뇌이며 절을 올렸건만

새르팍 쪽 정선네 집, 늙은 신센 그렁그렁한 천식 기침도 잠잠이고 우리 집 잿간 딸린 칙간 시커먼 구덕이 몸서리치게 무서워서 마당가에 까발리고 앉으면 오리꼴로 가는 덕산 마루께 도깨비불은 번뜩대고

부엉이 울음 섞인 댓잎들이 어둑신한 골목길에 허청허청 날름거린 밤들
하늘이 내깔겨 버린 별똥별은 오싹오싹 치달아온 밤들

능가사에서

팔영산 중턱에 훨훨 산벚꽃 날리고
간밤 소쩍새가 밝혀 둔 청명淸明 무렵

능가楞伽 산신각에 촛불도 없이 앉아있는 한 분
누구십니까, 금세 흔적도 없이 사라져버린 이 분

일체 아무것도 날벼락으로 솟구치는

엄니여!

깜짝새 팔영산 너머 너머로 떠나버리시네

달마산*이

나 등뼈를 짓밟고 냅다 소리 한번 내지르고 가려느냐

세상 내려다볼수록 속속들이 자멸自滅로 치달아
이내 속도 깎이고 깎이어 깎아지른 절벽이 되어가나니

이 절박한 눈빛 한 줄기씩 확 뽑아들고 하산이거라

* 달마산: 미황사(전남 해남)를 감싸고 있는 산.

아이들아

버드나무 우듬지에 지빠귀 새 울음소리 휘느렁청 안겼다

붉은 동백꽃 져서 고사리 종근種根 묻었고
하얀 찔레꽃 피어서 들깨 모종母種 심었다

아이들아

인자 산자락 배대리밭으로 가지 않으련!

편지 한 통

마을 멀리 덕산 구부탱이에 우체부다!

영기보 냇가 둑 버드나무도 곤두박질로 뛰었어라
들판 바람들도 막무가내 치달았어라

깔끄막 골목길을 내달린 개도 쏜살같이 꽂힌 사장마루
동무 성 누나 동생들 누구나 기다림은 애탔으나

우체부가 나에게 건네준 편지 한 통

읽고 또 읽고 쓰고 지우고 또 써대다 못내 구겨버린 편지
별들도 수없이 안겨들어 눈물 나게 또락거렸던가, 어린 날

오랜 기다림이여, 바로 시여!

가오리연으로

서릿발 선 보리밭 들녘
까마귀 떼 솟구쳐 오른 하늘 드높이 띄워 올린 가오리연

오리꼴 넘는 길도 당겨주다가
학교 파한 길에서 싸웠던 재열이도 풀어주다가

매서운 칼바람이 내리쳤나
툭 끊긴 연이 들판 멀리멀리 멀어졌던가

사동 들판이 훌떡 받아안아 곡식이 더 여물었던가
산이 덜컹 품어 안아 숲이 더 짙푸러졌던가

다시 댓살을 깎아 만들어 들판에 띄운 연
그 꼬리가 길어서 바람에 또 잡아먹혔던가

떠나간다

강진 아짐을 실은 장의차가 마을 입구로 들어서자
당산나무로 새카맣게 모여든 산까치 떼가 울어쌓네

산밭 언덕 장지로 향하자

간다 간다 떠나간다

선소리꾼 같은 새가 가지가지 휘청하도록 소리를 내지르자
절골 무당개구리 떼거리 울음이 만장처럼 펄럭이며 따라가네

가야겠네

자다 깨다 깨다 잠들어도 둥둥 뜨는 헛꿈뿐이로다

"어딨는가!" 방문을 열어젖히면

아랫집 적 단풍 빈 가지에 이녁만 찰싹댈 뿐이로다
온 하늘 총총거린 별인들 말라버린 눈물뿐이로다

이녁 손때 묻은 방 빗자루 매만지다
오래된 사진첩이나 뒤척거리다
이녁 사지육신 부리고 누웠던 자리에 다시 누워도

영영 묻혀 버린 절골 산밭으로만 달려갈 뿐

그려 그려, "나도 얼른 가야겠네!"

스마트폰

농어민 수당 지급을 위한 조례 제정 도청 도의원 회의
방청을 원하는 전남 재야 단체, 농민회 사람들을 원천
봉쇄한

출입문 안쪽, 현관
100여 명의 전경들

비상 대기하며 앉아서 오직 떠받들고 있는 영물靈物

불러도 대답 없는*
문짝아 부서져라 꺼져라. 깃발이 물결쳐도

일사불란 줄 맞춰 퍼질러 앉아
하나같이 머리 숙여 경배敬拜하는 저 신줏단지!

* 김소월의 시 「초혼」에서.

몰라

고흥읍 파리바게뜨 앞
고흥만 비행 시험장 저지 827일째, 제100차 월요 집회

〈도민에게 고통을 강요하는 비행 시험장 취소하라〉
플래카드를 향해 치켜뜬 간판들 상호商號

미니스톱 ARITAUM 르네셀 웨스트 WOOD THE NORTH FACE BEAUTE NATURE REPUBLIC 에스씨 산전 DED NEPA

여기가 어디더냐 쌍불을 켜대다

무엇이더냐

세상 꿰어찬 광속비행光速飛行이 곧바로 나의 목줄을 낚아챈
스마트폰 메시지, 어디냐고?

아 여기, 나도 몰라

제3부

일궈야지

식전부터 은목서꽃 향이 삽괭이부터 찾아대누나
짙푸른 새들의 숨결이 출렁이도록 산밭 일구자고

일군 밭에 모종들이 안으로 밖으로 뻗치고 뻗쳐
서릿발 선 바람이 눈이 천둥 번개가 노닐다 가고

더 혹독한 밤이면 어쩌랴

노을 깔린 구름 몇 장 쭉 찢어 홑이불로 덮으면 되지 뭐
살가운 별들이 무한 천공의 얘기도 수없이 들려줄 테지

지게야 어디 있느냐, 산언덕 억새꽃들이 마구 불러대네
왜 왔느냐 흰나비야, 흙 묻은 목장갑을 챙겨주네

천안함

"제2함대 서해 바다는 엄청 예뻐요. 밤이면 달도 밝고 별도 많이 떠서 바다에 비쳐요. 별똥별이 수도 없이 떨어지고 별자리도 하나하나 다 보여요"*

하지만 그날 밤 폭발음과 함께 불이 꺼지고
아무것도 보이지 않았다

지금도 바다를 보지만 바다는 사라졌다
밤하늘의 달도 별도 이제 보이지 않는다

* 해군 함은혁(29) 하사. 한겨레 신문(2018. 7. 16), 천안함 관련 기사를 참고.

성냥갑이

큰방 부삭에 불쏘시개 쑤셔 넣고 성냥을 그어댔으나
그어댈수록 끕끕한 생이여 타올라라 애걸복걸 질러댔으나

빗속에 엎어졌네, 성냥갑이 통째로

그래, 번개 튀듯 사라져라 빗발 속에, 그대여

대꼬챙이에 산적炙 꿰이듯 오라, 시여

멧돼지 떼야

산밭에 멧돼지 떼들아
왜 너희들이 토껴버리냐

먹이까지 빼앗은 자가 누구더냐
산 숲을 파괴한 자가 누구더냐

삶터에서 내몬 자가 누구더냐

언제나 언제든
두 발 달린 짐승들이 문명이 그러했지 않느냐

곧바로 돌아서라
그래서 여지없이 덮쳐 버려라

몰릴 때까지 몰려 버린
갈 데까지 가버린, 더는 갈 데가 없는

야생들아, 생생들아

감자를 묻다

밤중에 산마을로 지빠귀 다녀갔지

경칩 바람아 욱신욱신 오려무나
목줄 풀린 개가 냅다 튀는 눈빛도 오려무나

그래그래

밭 언덕 매화야, 훨훨 날아오렴
찾아든 비둘기 떼야 맘껏 울어 젖혀라

쐣바닥 날름거린 뱀이 햇살을 덥석 물듯이
감자야, 촉촉한 흙살을 단번에 덜컹 물어

야물딱지게나 둥지를 틀어라, 감자야
들뜨고 들뜬 나를 지르밟고 후끈 솟아올라라

께끼

여름방학이었지

"아이스께끼, 얼음과자" 소리쳐 대며 모시내 안골 용두 골목을 죽자 살자 뛰어서 숨이 가쁠수록 께끼 통은 가벼워지고 자루를 맨 동생은 땀이 뻘뻘 비 오듯 철벅거렸네 한 개에 오 원 주는 현찰 박치기야 더덩실 바람 꿰어찼지만 빈 병이나 보리 한 됫박 퍼주고 바꿔 먹을 때는 몽땅 동생 몫이어서 내리막길에서도 자루에 몸이 질질 끌려가던 반나절께나 돌아다니다 평애들 건너올 때쯤 버드나무 응강이었던가 통을 열면 팔고 남은 께끼가 녹아내려 누구도 부를 새 없이 둘이서 빨다 마시다 배통만 출렁거린 한낮

에라, 쉬어터진 깨댕이들이 구뽀뚱 물에 첨벙했던가
그때 밑간 장시는 아니었던가

동생은 따라다니다 울다 께끼 통으로 딴 보따리 쌌었지

방학 숙제는 개학 전전날부터 긁어댔지, 아마

볍씨를 뿌리며

뜸북 뜸북 뜸북새야, 울어다오

저 냇가 건너듯 흘러 흘러 물 찬 제비처럼 솟구쳐라 씨앗들아
해 저물어가도 뜬눈 새파란 별처럼 날아올라라 싹들아

울어다오, 뻐꾹 뻐꾹 뻐꾹새야

세상에나!

숲에 살던 새들이 마을 대밭으로 날아들어 울부짖는다

숲 가꾸기 한다며 오랜 숲을 파괴하고 있다고
봄여름가을겨울이 토막 쳐져 산자락에 나뒹굴고 있다고

너희 무덤 너희가 파고 있냐고!

가시려나

소 뜯기던 지땅 산바래기에 개꽃 무진장 피었겠다
동쪽 샘밭 홍가시나무에 거름도 뿌려줘야 할 텐디

책보자기 매고 내뺐던 저 덕산길도 가물가물하다야

육십 줄에 고향 찾아들어 일구던 논밭

하고 싶으나 할 수 없는
가고 싶으나 갈 수 없는

서정기* 고향 집에 병세가 깊은 사촌 성

온 삭신 부려버린 몸을 뒤척거려
뒤척일수록 멀어질 세상이 될 것 같은

저 꺼져가는 눈빛, 말없이 돌아누웠네

* 서정기: 전남 고흥군 점암면 사정리 서정마을.

폭력

순천 성가롤로병원 513호
병상에 누워있는 사촌 성을 깨우자 힘겹게 뜬 눈
"왔냐!" 딱 한마디, 눈 감아버리시네

그래서 성에게 남긴 글

훌훌 털고 일어나 뚜벅뚜벅 고향 마을로 갑시다

소쩍새 울어쌓더니 꾀꼬리도 찾아들었다고
살던 집 담장에 살구꽃 지고 감꽃 피었다고
몇 남은 마을 사람들도 애타게 기다린다고
산과 들이 맨발로 뛰어나와 맞이할 거라고

텃밭 일궈 씨도 뿌리고 채소 모종도 옮겨야지요
푸르러질 평애들 내다보고 동심童心도 불러냅시다요!

가거라 세상사야, 훨훨 내던져 버리고
가볍게나 먼 길 떠나려는 형에게

이게 무엇이랴, 이게

재앙災殃

산이 품은 오래된 늪

늪이 메꿔지고 산은 잘려 일궈진 칠천여 평의 밭
이 드넓은 밭에 한 가지, 단 한 가지 특용작물, 인삼

땅을 뒤집는 대형 트랙터 YAMAHA－2000이 쏟아낸 6년근 인삼을 비닐 포대에 주워 담는 할머니들과 이주 노동자들에 끼여서 뒤집힌 흙만 보고 일당 날일로 하루해가 저무는데 한 마리, 단 한 마리도 볼 수 없었어라, 지렁이를

소리 없이 땅을 일구고 땅을 정화시키는 일꾼* 지렁이들을
살아있는 땅이면 어디나 살아있을 지렁이들을

* 에이미 스튜어트 『지렁이』에서.

육자배기

큰방에서 할매는 웅클시고 모시를 째다

칭얼대며 우는 손지를 업고 무어라고 해쌓는 소리
베름빡에 맡겨 버린 지친 몸이 흥얼흥얼 내뱉는 소리

자장가였을까
속속 맺힌 무엇이었을까

횃대에 걸린 식구들 옷들은 뒤숭숭 싸해졌네
토방에 놓인 할매 신발짝 콧등은 시큰거렸네

새르팍으로 달려든 바람은, 왜 글썽글썽하다
토방으로 찾아든 새를 낚아채고 하늘로 솟구쳤을까

안 오시네

안 오시네

창호지 너덜거린 문틀 기둥에 꺼뭇꺼뭇 곰팡이 슬었다
신발짝 나뒹구는 물레 토방에 푸르딩딩 이끼가 덥혔다

"아나, 니도 묵고 나도 묵고"
밥상머리에 마주 앉았던 고양이 할매는 안 오시네

허리 꺾인 헛간채에 서녘 햇살만 텅텅 저물어가네

나락奈落

나락 심을 논을 괭이로 파는데 겨울잠에서 막 깬 개구리 한 마리
내리친 괭이에 몸이 두 동강 나버리자

떨어대는 몸을 덥석 품어 안은 햇살

피 한 방울 쏟지 않는 잘려진 몸통에 저 시퍼런 눈빛

쏘내기

엄니가 두 벌 논매기 들판으로 내온 팥죽 몇 숟갈째 떨
걱대는데
음마, 사장 물감나무에 황새들 휘청휘청 난리 판굿이네!

어디서 닥쳤을까, 날벼락 같은 쏘내기
양판 뚜들겨대는 소리가 들판 휩쓸어가네

빼꼼한 햇살에 축축 늘어진 어깻죽지를 온 산이 탈탈 털
어대자
쏘내기는 귀신 씨나락 까먹던 소리였던가
질푸른 숨결이 평애들로 물밀어 들고

빗줄기 타고 하늘로 솟구쳤다 떨어진다고 했던가
없던 미꾸락지들이 논배미를 휘젓고 다녀
성가들 노랫소리 맞장구 가락은 서녘을 넘고

아우야, 집에 가자

날이 언뜻 저물어갔던가

지구는

“지구는 개가 진저리 난 벼룩을 털어내듯이 몸을 흔들어 댈 것이다, 벼룩은 바로 인간들이다. 멀지 않은 시간에”*

아니, 바로 지금 뒤흔들리고 있지 않은가

초지가 밀라간다는 누대의 유목민들
수수만년 된 빙하가 녹아내려 떠다닌 얼음덩어리들

한 모금 물을 찾아 사막을 헤매는 물통 들린 아이들

그래, 이 지구 어디든 뒤흔들릴 때가 멀지 않긴 않았구나

* 『농부 철학자 피에르 라비』에서.

허허

숫돌에 갈아댄 씀벅한 낫으로 논둑 쳐댄 물논에 깨구락지
밤새 울어 먼 데 엄니가 달빛 몇십 리 솎아낸 새참이구나

받아라, 꽃 핀 감나무 헛청 그림자도 서너 잔

새들 날아간 들판에 속절없이 찔끔거린 나여

손잡고 밤꽃 핀 대발 길 걷던 날이 치달아 오네요, 엄니

별 볼 일

아래 밭 작두콩 위로 뻗혀 가던 오이 넝쿨 뜯어내고
뒤안 가래나무에 청설모로 저문 하늘에 눈멀다

별 보러 가자, 검둥개야

냇가 외딴 외막에 풀벌레 울음 깊었겠다
허허벌판 먼 산마을에 별들 북적대겠다

하먼

온 산천이 푸릅푸릅 깃 쳐대는 소만 무렵

오셨네요, 엄니

엄니 속 속 아픔들을 곰곰 되새겨 보리라 했건만
날이 가고 달이 가고 또 몇 해가 지났는데

살길만 찾아 헤매는 이 막심한 자식에게 오셨네요

밤새 쏙독새 울음이 있어
산언덕 개망초꽃 너울너울이네요

이 셋째랑 샛거리 챙겨
모퉁밭 지심 매러 가요, 엄니

어쩔거나

어릴 때 굿뽀뚱 물이 탱탱 얼어서 몇 날이고 썰매 타던 겨울방학

인자는 처마에서 내리쏟는 낙숫물 소리를 들어야 하다니, 이 겨울에

땅이 점점 달궈지고

이 오랜 삶터들이 사막으로 덮여 가고 있다지

봐, 보라고 이 앞산을

잔뜩 백태 낀 눈구멍으로 꿈벅거리는 것을

까뒤집고 발버둥 쳐야 바람은 흙먼지를 쏟아낼 뿐

계절이 사라져간다는데

언제 밭을 일궈야 하나

무슨 씨를 뿌려야 하나

이변異變

그 많은 분쟁과 소송과 전쟁이 무슨 소용인가?*
사랑할 시간이 많지 않다**고!

그 많던 뜸북새가 들판에 사라졌다는데
생명들과 한 몸이었던 벌들이 죽어간다는데

파괴되어 가는 생태계로

알 수 없는 병들 시도 때도 없이 날뛸 것이라는데
지구 어디든 홍수와 가뭄과 폭염은 덮칠 것이라는데

사람끼리 사랑과 평화와 자비는 무슨 소용인가?

* 프리모 레비의 시 「낙타」에서.
** 정현종의 시 제목.

생탄生誕

한순간, 지리멸렬 불타올라

죽어라고 죽어서 살아난 잿더미

흔적 없이 땅으로 사라지는 것

이 땅에

물 흐르면 흐른 대로 반역이자
바람 불면 부는 대로 혁명이자

이 땅에

내가 나에게 테러리스트가 되자

해 설

물결로 굽이치는 삶의 궤적

송한울(시인의 아들)

1.

‘시 혹은 문학은 그 운명을 다했다’. 이런 논의를 요즘 어렵지 않게 들을 수 있다. 물론 문학의 종말을 이야기한다는 것은 선부른 생각이다. 이를테면 산업혁명이 일어나고, 1차 세계대전을 거치면서 모더니즘 문학이 태동하기 시작할 때도 많은 시인들은 문학이 가지고 있는 ‘장엄한 힘’이 소멸해 간다고 느꼈다. 그들의 글들은 삶이 가진 고결한 이상들이 현대 문명의 폭력과 천박한 통속성이 지배하여 세상에서 살아남지 못할 것이라는 위기감 속에서 탄생했다.

그 위기감과 통속성에 맞서 100년이 넘는 시간 동안, 문학은 아직 죽지 않았으며, 우리는 1차 세계대전 이후와는 전혀 다르게 시시각각으로 변화되는 문명 속에 살고 있지만, 문학의 형태는 늘 새롭게 재창조되며 살아남아 있는 것이다.

에즈라 파운드Ezra Pound는 「휴 셀윈 모벌리Hugh Selwyn Mauberley」의 첫 문장에서 자신의 무덤 앞에 바치는 송시라며, '3년간 시대와 동떨어져 시라는 죽은 예술을 소생시키려 애썼다'라고 썼다. 그리고 시의 '낡은 감각의 장엄함을 유지시키기 위해서' 창작했던 자신의 헛된 수고에 대해서 언급하는 것도 빠뜨리지 않았다.

이 긴 시에서 그는 시대가 요구하는 통속적인 글과 고대부터 이어져 오던 고매한 시인들의 꿈 사이에서 방황하며, 인류 문명 속에서 파괴되어 간 삶과 인류의 비극을 이야기한다. 그리고 체념과 절망 어쩌면 희망으로 이어지는 이 시와 같이, 지금도 시인들은 똑같은 고민 속에서 방황하는 존재로 여전히 남아있다. 나아가야만 하는 삶은 계속되지만 문명과 사회가 요구하는 새로움들은 과거를 배제하기 마련이며, 결국 이 낯선 공간 속에 시인은 덩그러니 남겨지게 되는 것이다. 열렬히 노래하지만 그 대상들은 사라져가고 있다. 그들이 글로써 표현하는 많은 것들에는 이러한 불일치가 직접적으로 드러나 있는 경우가 많이 있다. 그리고 때로는 이것이 글을 쓰는 직접적인 동기가 되기도 한다.

그래서 시인은 과거를 그리워하는 한편 그 속에서 현재를 비추어 간직하곤 한다.

물질적 가치가 지배하는 세상과의 결별, 어쩌면 아주 오래전부터 시라는 문학은 이러한 자신만의 이상향을 늘 꿈꿔왔다. 이런 문학적인 지향점은 시대가 아무리 바뀐다고 한들, 본질적인 '인간성'에 대한 물음을 추구하고 있기에 쉽게 사라지는 것은 아니라고 본다.

『물결』의 저자인 송만철 시인 또한 이러한 오래된 가치들을 환기하면서 시대와 반목할 수밖에 없는 시인으로서의 숙명을 일정 부분 받아들이고 있다. 그의 시들은 시인의 숙명이 가지는 고독한 아름다움을 내적 가치로서 승화시키면서, 이것을 글의 원동력으로 삼고 있다는 점에서 더욱이 그렇다. 하지만 그는 마냥 자신의 꿈속에 파묻혀 있는 몽상가는 아니다. 상상이나 상징성보다는 사실에 기반한 담백한 문체를 통해 자신의 비전을 펼쳐 보인다는 점에서 송만철 시인은 오히려 본인이 꿈꾸는 가치들을 동경하며 그리워하는 유형의 시인이 아니라, '휴 셀윈 모벌리'의 가상의 시인처럼, 그 가치를 삶으로써 실천해 가며 살아가는 헨리 데이비드 소로와 같은 유형의 시인이라고 생각된다. 즉 '예술의 연장선상으로서의 삶'이 아닌 '삶의 연장선상으로서의 예술'인 것이다. 송만철은 이 두 시인과는 매우 다른 형태의 문학적인 세계를 창조해 나가고 있고, 살고 있는 공간이나 시대, 그리고 그 속에서의 정서적 경험이 전혀 다르기에 동일선상에 놓고 비교할 수는 없을 것이다. 하지만 시인으로서 문제 의식이나 이상을 향해 나아가는 발걸음은 비슷한 부분이 많이 있다. 이는 그의 문학적 여정을 둘러본다면 더욱 분명해진다.

첫 시집 『참나리꽃 하나가』(1998)로부터 지금의 시집 『물결』(2020)에 이르는 과정을 보면, 인생의 변환점에 따라 추구점이나 소재를 바라보는 심상心象이 다른 관점으로 전이되는 경우는 있어도 소재가 가지고 있는 공간적, 상황적인 변화는 없다는 것을 알 수 있다.

시집 『참나리꽃 하나가』와 『푸른 빗줄기의 시간』이 시골과 자연, 그리고 과거의 체험들이 동경의 대상으로서 다뤄지고 있다면, 『물결』은 비슷한 공간과 정서적 경험들을 소재로 다루고 있음에도, 이제는 시 안에서 다뤄지고 있는 공간과 정서적 경험들이 현재 삶과 맞물려 확장되어 나감을 알 수가 있다. 시는 간결해졌고, 산문적인 설명보다는 함축적이면서 효과적인 시어들을 통해서 이미지를 표현해 내기 시작했고, 때로는 다큐멘터리적 기법을 사용하면서 이러한 간결함을 더욱 장점으로 살리기 시작했다.

하지만 가장 큰 변화는 글의 의도에 더욱 날이 서기 시작했다는 것이다. 분명 소재적인 면에서 작가는 자신이 경험했던 과거와 현재를 오가며, 현대 문명에 천천히 묻히고 지워져 가고 있는 것들에 대한 노스탤지어를 소재로써 공유하고 있다. 하지만 『푸른 빛줄기의 시간』 이후 송만철 시인은 시를 통해 내세우는 궁극적인 삶에 대한 방향성을 더 야성적이고 원초적인 공간으로 바꾸어간다. 과거 『참나리꽃 하나가』에서 말하는 삶의 방향성이 '농촌'에 포함된 '자연'이었지, '자연'에 포함된 '농촌'은 아니었다는 점을 미뤄볼 때, 이는 더욱 자명해진다.

한두 세기 전의 시인들이 급격한 세계의 변화를 목도하며 절망하며 토로했던 것과 같이, 송만철 시인은 고독한 관찰자가 되어 또한 점점 사라져가는 것들에 대한 애착을 가지고, '현대 문명'이라는 인간성을 상실한 전장 속에서, 고요히 인간이 가진 진실된 삶의 모습을 소생시키기 위해 끊임없이 글을 쓰고 있다. 즉, 결국 그에게 있어 '시'라는 본인과 세상을 잇는 매개체는 투쟁하는 삶의 연장선상에 함께 놓여 있게 되는 것이다. 이것은 과거의 수많은 시인들이 시도했었던 계몽적인 의도가 다분한 인류 전체를 향한 투쟁이나 울부짖음이 아닌, 비틀려 돌아가는 세상의 반대편에 선 한 개인이 자기 자신을 위한 투쟁이다.

이런 날 선 감각의 비판적 사고 말고도『푸른 빛줄기의 시간』이후 나타난 또 하나의 경향이 있다면, 과거에 대한 노스탤지어가 시간이 갈수록 더욱 짙어지고 있다는 점이다. 어느 순간부터 작품들에서 드러나는 시인의 어린 시절은 시인이 꿈꾸던 이상에 대한 하나의 상징처럼 작용을 하기 시작한다. 그리고 이에 대한 그리움은 과거와 현재, 미래를 관통하며 작가가 끊임없이 추구하는 탈脫현대 문명적 대안이라는 정신 속에서 지금까지 발전해 왔다.

이후 나온 세 번째와 네 번째 시집,『엄니』(2016)와『다시 들판에 서다』(2017)는 이 모든 것을 함축하고 있는 두 상징적인 인물의 죽음을 통해서 나온 시집이다.『엄니』는 시인의 어머니 죽음을 통해 세상에 나왔고,『다시 들판에 서다』는 민주열사 '백남기' 농민의 죽음을 통해 세상 밖으로 나왔다. 『엄니』가 작가의 개인의 '내內'적인 모습을 반영한다면, 『다시 들판에 서다』는 다수의 사람들 사이에서 작가의 '외外' 적인 모습을 반영한다. 『엄니』에서는 시인이 가지고 있는 '과거'의 심상이 담겨 있다면, 『다시 들판에 서다』는 '현재'와 '미래'의 심상이 담겨 있다. 이는 작가가 의도한 것이 아닐 수도 있지만, 이 두 시집을 읽어본다면 묘하게 이러한 부분이 맞아떨어짐을 알 수 있다. 인간으로서 '내적'으로 고민하고(『엄니』), 사회인으로서 '외적'으로 행동하는(『다시 들판에 서다』) 것에 차이는 아주 커 보이지만, 두 시집은 매우 닮아있으며, 결론적으로는 서로를 비추는 거울과도 같다.

2.

이제 이 시집 『물결』을 보자.

이 시집은 순간적으로 스치고 지나가는 풍경이나 기억들이 굉장히 강하게 작용을 하고 있다. 이처럼 작품들의 사고는 흘러가는 물결처럼 순간적이다. 시인은 어떤 특별한 의도를 가지고 있는 사건에 주목을 하는 경우는 드물다. 오히려 조용히 그것을 지켜보는 조용한 관찰자에 가까우며, 소재나 이야기하고 있는 것에 대한 작가의 개입은 작가의 내면에서만 이뤄진다. 시들에서 느껴지는 작가의 시각은 철저하게 객客으로서만 존재하고 있다. 한마디로 이미지는 철저하게 시인의 내면에서 그려지고 완성되었지만, 직접적으로 표현해 내는 것이 아닌, 어떤 투사체를 통해서 다시 타인의 시선으로 그려지고 있는 것처럼 묘한 객관성을 유지하고 있는 것처럼 보인다.

이 작품집에서 과거란 어떠한 매개에 투사되어 있는 기억의 조각을 감상하는, 즉 자신의 기억을 객으로서 '지켜보고서' 독자에게 이야기해 주는 작가의 모습이 떠오른다. 이러한 객관성이 가지는 시제는 절대로 소재가 과거라고 하더라도 현재와 닿아있을 수밖에 없으며, 이 시집 전체에서 이러한 특성을 어렵지 않게 엿볼 수가 있다. 이렇게 송만철 시인이 제시하는 이미지는 소재가 가지고 있는 소박함과는 별개로 강렬한 인상으로 다가오는 경우가 많다.

> 사람 발길 멈춘 백합나무는 강당 위로 가지가지 뻗혀 갔다
> 사람 손길 멈춘 향나무는 불꽃같은 생으로 교실 창을 삼켰다
>
> 가거라, 꿈꾸는 자들의 미래여
>
> 특별실로 가는 길로 뻗힌 대들이 생긴 대로 출렁거린다
> 제초제 뿌려대던 운동장에 솟구친 풀들이 멋대로 담박질이다
>
> —「폐교에서」 전문

마치 세기말의 어떤 풍경처럼 느껴지기까지 하는 이 시

는 인간의 손길 발길이 끊긴 공간을 되찾아 가는 자연의 모습을 상당히 호쾌하게 그려내고 있다. 동시에 송만철 시인은 이 시에서 특별한 단어, 특별한 표현을 쓰지 않고 있지만 간결함 속에 자신이 꿈꾸는 세상, 메시지를 동시에 담아내고 있다. 그렇지만 글의 시제는 현재이며, 독자는 이 시에서 현재를 마주하게 된다. 학교란 어쩌면 현대 문명의 근간을 이루고 있는, 좁게는 '사회인', 넓게는 '문명인'으로서의 교양을 축적시키는 곳이다. 하지만 동시에 인류에 의해 망가져 가고 있는 자연이 다시 점령한 인류 문명 근간根幹의 모습은 독자에게 또 다른 시사점을 일깨운다. 송만철 시인이 즐겨 그려내는 소재에는 이러한 공통점들이 자주 발견된다. 원초적이고 다듬어지지 않은 현재의 풍경들. 시인은 이렇게 길들여지지 않는 '야생'을 그리는 것을 즐기며, 이따금 도시의 풍경들이나 사회적 관습에 대하여 이야기하는 순간이면 올더스 헉슬리의 『멋진 신세계』에서 미스터 새비지가 그랬듯이 의아해하며 그 풍경들을 비현실적으로 바라본다. 물론 우리는 현대 사회가 비현실적이라는 것을 쉽게 자각하지 못한다. 하지만 송만철 시인은 그 감각을 지속적으로 시에서 환기시키고 있으면서, 앞서 언급한 '객관적'인 화자로서의 자신의 시각을 시에 투영시키고 있다. 다른 시를 보자.

목줄 매인 개는 가래나무에 얹힌 서녘 달을 보고 짖어대고
닭장에 갇힌 닭은 꽁지 털 싹 다 빠진 날개로 홰를 쳐쌓고

나는 철 지난 신문이나 뒤적거리다 찾아든 별들 힐끔거리다
쑤셔 박힌 잠에 뒤숭숭한 꿈에나 헛발질하다 날이 밝았구나

삶을 쳇바퀴 굴리고 있는 나나
매이고 갇힌 너희들이나

—「이판사판」 전문

이 시는 큰 의미에서 체제라는 굴레를 벗어날 수 없어 매일 '쳇바퀴'를 돌리며 반복하는 인간의 모습을 시인 자신의 상황에 빗대어 이야기하고 있다. '신문'을 상징이 되는 소품으로 가져오면서, 역시나 신문을 읽는 자신과 같이 조건반사적인 행동으로 '묶인' 개와 '갇힌' 닭들의 모습에 비춰 똑같이 갇혀있는 인간의 초상을 그린다. 이처럼 송만철 시인의 시에선 동물들이 자주 나오는데, 조건반사적인 행동을 반복하며 인간에게 길들여진 가축들을 통해 문명이라는 굴레에서 자연으로부터 점점 멀어져 가는 현 인류의 모습을, 동시에 야생 동물과 식물들은 시인이 꿈꾸는 어떤 이상을 그려내는 경우가 많다. 손 타지 않는 자유로움과 아름다움, 관습에 얽매이지 않는 물과 같이 자연이라는 순리를 받아들이며 살아가는 야생의 모습은 어떤 의미에서 우리가 잃어버린 가치를 다시 꿈꾸게 만든다.

시인에게 현대 문명은 시인이 추구하는 가치의 정 반대편에 있는 것이라는 것을 필자는 앞서 이야기했다. 이런 스쳐가는 이미지를 통한 현대 문명에 대한 논평은 이 시집을

통해 쉽게 발견할 수 있는 고유의 특징이기도 하다. 분명 엄중한 위기감 속에서 이러한 시들이 나오고 있는 것도 사실이겠지만, 동시에 절망을 넘어선 체념에서 오는 묘한 경쾌함이 작품들에서 드러난다. 분노하고 울분으로 가득 느껴지고 있음에도 시원스레 쏟아지는 통쾌함이 공존한다.

손발이 찢겨지고 남은 한 줄기로 싹을 내민 이 버드나무
온몸이 절단 나버리고 뿌리 끌탱만 남은 눈빛의 저 때죽나무

오라, 길길이 날뛰는 세상이여

깊게 패인 포클레인 발자국에 산벚꽃 덮이고 개미 떼다
산길 짓이겨진 자리에 엉겅퀴 돋았다 고사리 솟았다

—「오라」 전문

이러한 시는 읽는 순간 생명력이 곧바로 전달이 되고 있으며, 이 넘치는 생명력은 때로는 시인이 삶에서 마주한 어떠한 장면들 속에 녹아들게 된다. 이는 과거, 현재, 미래를 이야기하는 시인의 모든 시에 포함된 것으로 시인의 시들을 놓고 볼 때 핵심이 되는 키워드가 되기도 한다. 물론 현재에선 미래를 바꿀 수 있는 힘이 있다. 마치 무자비한 파괴 속에서 다시 솟아나기 시작하는 엉겅퀴 고사리들처럼 말이다. 하지만 앞서 언급했듯이 송만철 시인에게 있어 과거

는 매우 중요한 위치를 차지하고 있다. 그렇다면 과거의 모습은 어떨까?

> 구뽀뚱 시냇가에 물레방아
>
> 한밤중 스며든 어둠의 쌍쌍들이 무작시럽게 굴러대자
> 세찬 바람이 문짝 들썩거려 맞불 내지른 소리소리
>
> 어디로 갔나
>
> 물비린내 살아나는 달빛들아
> 온 들판 시퍼렇게 굽이쳤던 물결 물결들아
>
> —「물결들아」 전문.

이 시들에서 유난히 눈에 띄는 부분이 있다면 바로 시인이 체험했던 삶의 형상들이 모두 사라져버린 현재와 조우하는 부분들이라고 할 수 있겠다. 송만철 시인에게 과거란 단순히 현재 이전에 있었던 시간적인 개념이 아니라 보다 복잡하고 근본적으로 삶에 영향을 미치는 요소이다. 그리고 이러한 필치에서 느껴지는 작품을 가득 채우고 있는 생명력은 그리움으로 전이되어 간다.

그리움은 결코 채워질 수 없는 것이다. 우리는 이것을 기억으로만 간직할 수 있을 뿐이기에 영원히 그리워하는 것들과 새롭게 채워져 가는 부분 사이에서 영원히 방황할 수

밖에 없다고 본다. 그렇기에 시인이 향하고 있는 부분은 여전히 미지로 남겨져 있으며 글의 결론은 언제나 열려 있다. 이를테면 「물결들아」를 보면 시인은 자신에게 스며든 그리움을 흐르는 물결처럼 잡을 수가 없다. 중간 행의 어디로 갔나, 라는 이야기가 그만큼 아릿하게 느껴지는 이유는 바로 이것 때문이다. 이미 완결된 과거조차도 우리는 잡을 수도 실체도 없는 기억으로만 남겨 둬야 한다. 단지 가고 싶고 손으로 잡고 싶지만 결국엔 어디로 갔는지조차도 알 수 없이 사라져버린다.

3.

송만철 시인은 과거가 단순히 추억이나 시적 소재로 왜곡된 환상이 아닌 현재 삶의 일부분이며, 이를 그리워하는 모습 또한 단순한 갈망이 아닌 그의 삶 전체를 지배하는 한 요소이다. 짤막한 시들 속에서 우리는 돌아오지 않는 것들을 향한 가슴 사무치는 그리움과 그래도 아직은 남아있는 그리움에 대한 흔적들, 인간성을 상실하며 패턴화된 삶을 살아가면서 자연 파괴를 일삼는 어리석은 현대 문명, 그리고 무차별적인 폭력 속에서도 묵묵히 살아남아 있는 자연 등과 같은 거대한 담론이 일상적인 소재를 통해 이야기된다. 그의 시들은 언뜻 봐서는 선이 굵고 우직하게 보이지만 그 단순함 속에 아주 섬세한 자연스러움이 배어있다. 삶이 대체로 의미 없이 흘러가는 듯 보이지만 마치 그 속에 무수히 많은 의미들이 숨어있듯이 말이다. 삶이 계속 흘러감에 따라서 시들의 표현은 더욱 단순해져 가고 그리움은 더 깊게 그의 삶에 스며들어 있다. 시에서 드러나는 삶들에 대한 강한 애착은 단순한 시적 표현 이상의–삶의 연장선상에서 '문학'으로써 표현된다. 표현하고 글을 쓴다는 행위에 있어서, 또한 하나의 삶을 살아가는 한 인간으로서 송만철 시인은 아주 인상 깊은 시집을 내놓았다고 생각한다.

그래서 『물결』 속의 시들은 과거조차도 특별한 완결이 없이 툭 끊긴 채 남아있는 부분들이 많다. 이 끊김은 '닫힘'이 아니라 '열림'이다. 분명 완결성을 가지고는 있지만 그렇다고 이야기가 끝이 난 것은 아니다. 『물결』에서는 시인이 보고 이야기하고 있는 모든 것이 물처럼 흘러가다 불현듯 스며든다. 분명히 자각할 수 있지만 잡을 수는 없고 특정의 형태로써 우리는 이 시를 결론지을 수가 없다. 이처럼 『물결』은 대체로 제목처럼 모든 것이 열려 있는 채 남아있다. 우리는 파도처럼 왔다가 갈 것이다. 그러나 삶은 끝없는 이야기이다. 마치 물처럼. 『물결』처럼.